*Klaus Demus* / IN DER NACHWELT



Für
Eva Isblick
herzlich
Klaus Demus

*Klaus Demus*

# IN DER NACHWELT

## Gedichte

Löcker Verlag

Satz und Gestaltung: Martina Heilingsetzer
Druck: Remaprint, 1160 Wien
Printed in Austria
ISBN 3-85409-307-1

# I

## *In der Nachwelt*

Ich warte hier,
als klärte sichs noch einmal,
wie im Frühling:
das große Rad,
führts nicht mehr vom Grund
hinauf?
Kann denn das sein,
die Aus-nahme,
das wirkliche erste
Nochnie?

*

Immer falscher der Weg:
Truggenarrt erst,
verzweifelst du längst schon
am je mehr Rechten.
Nie, das weißt du, betrittst du
die stets noch gewährte,
Finsternis lösende
Nähe des Ziels.

*

Ihr Unerspürbaren,
der ich immer entfernter von euch
die euch noch verdankbaren Wege geh:
Tröstet' nicht stets noch den Wandrer,
der in die Nacht geriet,
des Unendlichen Nähe?
Mit seinen Sternen in gleicher Welt?

## *Der Entschwundene*

I
Er führte das Pferd noch,
dicht an der Laterne vorbei,
die da hing, in den Stall –
was weiter? Er kam
– und sie brennt noch –
nicht wieder.

II
Im Wald verloren gehen –
immer tiefer in ihn hinein,
achtlos Weg um Weg wechselnd,
auch den letzten verlassend –
wohin? Nur mehr ein
Ziel: keine Rückkehr!

III
Die Nacht ging schon lang
eben dahin, und er saß,
saß und saß, und es war
nur mehr Stille, und es graute;
und er saß noch in seinen
Übernächten, unsichtbar.

IV
An äußersten Abends Rand,
wie an Abendlands, stehn,
ohne Heimkunft noch zu
Verwandten: nur hier
zur Säule am Ende werden,
die kein Später sieht.

*In dieser Zeit*

Wenn hoch der erste Saum vor die Sonne
sich schiebt, das Goldausstrahlen
der Wiesen und drin unter Bäumen
zauberlos werktagsgrau Dämmern
die Frühlingsfeier beendet, die letzte
Amsel prophetisch verstummt
und die Einheit der Erde
dem Meisterton droben entgegenlauscht –
in dieser Spanne Welt das
Leben zu haben, sind wir belehrt;
wenn unter blitzedurchmischten
schrägen Güssen zunächst der Donner
im Wald steht, Eisfremdheit des
Hagels das Laub durchschlägt,
wenn das Blendende niederkracht und kein
Schutz mehr besteht als das Schicksal –
so haben auch dies wir erfahren,
Entronnene, die wir geblieben sind;
was aber hoch im Gestein tiefdrin schon
knisternd sich löst, um das Tal
insgesamt zu begraben – den Bergsturz
ahnen, geschärftester Ohren, nur
wenige erst voraus. Es ist aber
kein Zweifel. Erkannt zu haben,
rettet nicht im Geschick. Kassandra,
obschon sie, die bitter Schäumende,
in den Zaum knirscht, reitet
unbarmherzig der Gott. Und
verdirbt sie.

## *Die Woge*

Mancherzeit
aus dem Unbekannten heran
rollt riesenhaft Dünung –
Schicksals grün-
glasige Häuser,
zerbrechend in weißen Schaum;
und nur aus Getöse, verworren,
vernehmen wir, was gesagt
und über uns schon gekommen ist:
dem Herzschlag fast völlig
voraus.

## *Nemesis*

Walds Zeiträume, unerfaßt,
der Meere durch Himmel und Zonen
selbst sich lebender Zusammenhang,
das unerschöpflich in neuen
Lebensreizen sich entfaltende
Traumeinwohnen der Erde;
die königliche Einheit der
Ströme, jahrtausendlang;
der Goldrauch der Reiche;
die letzte dünne Geschichtlichkeit,
die späteste Musik: sie
sind verflogen. Erbrochen,
bis in die letzten Winkel geplündert,
geschändet das Haus. Es
wütet in ihm sein Feind. Aber,
indes er sie immer noch mehrt,
erwächst ihm vom Ganzen her schon
die Vergeltung. Im All
ist kein Frevel.

## *Die Frage*

Welcher Abschied
gleicht dem von der Menschheit?
Zu Ende geht sie, diese
der Erde, ihrer äußersten
Fruchtbarkeit, seltsamste Blüte.
Ist ihr der unsterbliche Same,
der sich der Ewigkeit aufhebt,
nicht gereift? Können wir
diesem Standort nicht mit Recht
einen Stern aufpflanzen,
daß hier der Gottheit fast ein
Bruder heranwuchs, der nur zur
Reinheit des Immerwährenden
nicht zu läutern war, und daß sie
weinen würd' um ihn? –
Aber es schweigt. Stattdessen
schüttert schon an den Fundamenten
der Zorn, daß wir noch immer
hier sind.

## *Geschichtung*

In schillernden Wirbeln ertrinkt
auf haltlosen Böden und
ohne je ins klare geschaute Richtung
das Flächengeström der Zeit,
schwemmt ins Angebaute und
sickert, ein falsches Meer:
während tief unter Grund
unablenkbar ein Strom
alle Wasser dem Ozean zuführt.

## *Welt*

Das Unerwartete
stellt das Detail der Welt.
So lang noch unbegradigt
Erdenwege laufen,
werden Wandrer gehn.
So lang noch strahlerleuchtet
Vers um Vers ein Leser sich,
was Welt, erschaun mag,
fristet Poesie.
An wieviel Einzlnen
hängts noch? Schon
verzichtet Welt,
sich abzuspiegeln.
Unerwartet wird
das Ganze fremd.

## *Endgültig*

Nichts annehmen, was von heut ist.
Soviel als geht, erretten.
Und, wenns das Ende
sein soll, das Grundlose
des Zugrundgehns bezeugen.
Kein Packeln mit der Verderbtheit. Auf
Adalbert Stifter, Caspar David Friedrich,
ohne ein Iota Abstrich, zu
die Bedingung stellen. Sonst lieber
den Stab brechen.

## *Im engsten Raum*

Das heißt: es ist
alles das auszuschließen,
was rings auf der Erde,
wuchernd, sich heut ins
Licht drängt; davon
nichts bleibt. Es wächst
im geheimen sein Umsturz.
Das Unvermengte, das
nie sich einließ,
hat Gunst allein.

*Diskrimen*

»Immer schwebt mir der Hain vor der Seele,
drin mir zum ersten Male begegnet',
was mir ein Göttliches schien –«: Hyperion,
bist du noch da auf der Erde? Es brandet
längst nur mehr unharmonisch vor allen
klassischen Küsten. Wir haben Sturmflut,
oder es scheidet das Nichts unsre Tage
von deinen Fahrten Kalaurea zu. Wie
kannst du noch bleiben? – Doch keine leiseste
Antwort kommt. So verhing sich im Ohr wohl
deine uns fast geheiligte Stimme?
Daß wir ihr glauben könnten! Doch daran
scheitert – oder es scheitert nicht? –, was wir
festzuhalten vermögen. Du richtest.

## *»Und niemand weiß ...«*

Hier hat Hölderlin
nicht weitergeschrieben.
Erst auf der nächsten Seite
folgte das süße Bild »Heimath«.
Warum jene Zeile allein blieb,
verstehen erst wir, die sie
wie die letzte Feststellung über
das, was es ist mit uns, trifft:
die Bestürzung im Öffnen der
letzten Tür, dahinter nur Leopardis
Klage nicht verstummt.
Ein andres
wissen wir auch heut nicht.

## *Fünftausend Jahre Erdapfel*

Auf ihre Ursprungsfrage, was
derart ins Gegenüber zur Natur
verstoßen sie als ihren Ort
im Ganzen zu verstehen habe, ward
der Menschenseele klare Antwort: daß
sie immerhin sich als den kleinen Gott
erkennen dürfe: Welt um Welt
ununterbrochen sich erschaffend; doch
zum Meister machen sei ihr nicht erlaubt.
Nun ist grad das geschehn: die Erde ist
von falschverstandner Macht mißbraucht.
Was nun? Aus den Ruinen wird
nicht wieder neue Burg. Am Tor
verblaßt das Wappen. Herrschaft fällt,
erledigt, heim ans Reich, ans Ganze, dems,
als Sein, niemals an Seiendem gebricht.
Und Menschenseele? War,
für eine Weile, kleiner Gott.

## *Das Urteil der Mauern*

Die Unvordenklichkeit des Steins,
des Mörtels eisenharter Rest,
die unberührte Adligkeit
ergrauten Mauerwerks: so steht
manch vordem Menschgebautes. Wir
betastens scheu. Doch rauh und scharf
wendet sichs ab: es will von uns
nichts wissen. Lieber stirbts, als daß
es, um sein Anderssein gebracht,
mit uns gemein sich mache; die
wir nicht mehr wissen, was dies: Mensch.

## *Homo caelestis*

Mit wunderbarsten Himmelsbauten wuchs
jahrtausendlang die Menschenerde auf,
als Welt, bewohnt von Geist. Ihm war das Bild
der Sprache Folgerung – war Poesie.
Die Trümmer, die vom Reichtum jetzt noch stehn,
erdrückt von Überwuchrung, sind der Rest
Geschichte. Ohne sie verblassen wir,
ganz Aussatz bloß von Eis, von Schutt, von Schlamm.

## *Vor tausend Jahren*

Noch war die Erde Welt.
Es wuchs die Himmelsstadt
unzählig wiederholt
in jedem Tal des Abendlands
vorweggenommen auf, denn es
gab keinen Zweifel.
Ein Millenium danach:
Nichts bleibt als wiedrum Welt,
und wieder Himmelsstadt,
ein dunkles Haus drin Erde,
aber wir Bewohner sollten
nicht dran zweifeln:
alle tausend Jahre, heißts,
zeigt sich der Himmel offen.

## *Oikumene*

Am neuentdeckten Land
bemaß sich nach dem Erlebnis
des Weltorts langnachklingende
Fama: die Freundschaftsinseln
danken es ihm noch heut.
Welch Höllenvokabular aber
bliebe unvernutzt, den
entlegensten Punkt zu bezeichnen,
an den jetzt findigster Fortschritt
zu bringen verspricht?
Und dennoch birgt, ein Fragment,
oft das nächste Waldtal den unversehrten
Weltrest der Erde.

## *Cras ingens iterabimus aequor*

Morgen befahren wirs wieder, das
Weltmeer? – Nein, nicht in solcher
Gesellschaft: Horazens Meer und das
ihre hassen sich, fremd. Wo aber
sollen wir hin, wenns auch uns noch
über den Horizont, in die Poesie der
Erde verlangt? – Schwer ist und streng
die Entscheidung: Setze die Segel,
der mit dem hohen Wind du gehn willst,
dorthin, wo immer der Geist weht:
einwärts. Nirgendwo sonst noch
erfährst du das Alte, das du begehrst.

## *Atlantis*

Wir bauten uns eine Stadt.
Zogen zuerst, wie sichs gehört,
ihr die klaren Grenzen,
innerhalb derer wir uns das Leben,
das beste, das möglich schien,
ganz als neues beginnen wollten.
Erst die Tempel; dann
das Gesetz. Zusammen schauten wir,
miteinander, den gleichen Morgen;
und die Kraft der Jugend war
mit uns. So wuchs es, ein Leichtes
fast, die erste Zeit. Was nur
die Sonne Reines auf Erden
erleuchten konnte, war das Unsre.
Wir hatten noch nichts
andres erfahren. –
Danach war alles anders; verloren
schon, als es anfing. Zerstückt war
die vormals eine Kraft in jedem, wir
wurden uns der Unvereinbarkeit,
Unlösbarkeit inne. So gings
unaufhaltsam abwärts. Bis, als
letztes, die Woge kam, die uns
in die Tiefe begrub.

## *In der früheren Zeit*

Im Gedenken an Johannes Lindner

Im Abendlicht durch den Wald
heimwärtszugehn, durch Schatten und
Leuchten, es strahlt durch die Stämme,
die Berge fielen schon in das
gemeinsame Blau der Welt –
der Tag schloß den Kreis und
dein ist das Ganze, auch heute vollbracht:
o Leben, o Menschsein
hier auf der Erde,
wie's niemals mehr kommt.

## *Gerichtstag*

Die Welt, an der wir stümpern, wird, als sei's
die rechte, aufgenommen, so daß wir
uns selbst verklagen müssen: Weltgericht
ins Obre demonstrierend. Sind wir die
Geschwornen? Bis ins Dunkeln glaubten wirs.
Doch jetzt verheißt ein Blitzschlag, dröhnend, daß
ein Spruch geschieht, zu dem wir nicht gestimmt.

## *An Aias*

»Wohin muß einer entfliehn –«
Sophokles – Hölderlin

»Wenn dieserseit es welkt«,
ist kein Fliehn mehr wohin,
Aias: Atopos ohne
dich ist das All. Brenn
deine Kerze tapfer zuend,
daß ihr Lichtkreis Ort
ihm solang noch erschaffe,
der, eine Welt, auf-
glänzt mit den Türmungen
deiner Unsterblichkeit.

## *Fasse es, wer es fassen kann*

Die Säulenhallen der Jahrhunderte
stehn leer zurück.
Fast alles ist zerstört.
Die Beßren von den Schlechtren
endgültig besiegt.
Nur starken Geistern scheint
das All als Haus, darin
zu wohnen, nicht zu groß:
der ganze Rest liegt wieder
platt am Eis. Umsonst,
daß wir vor Millionen Jahren
uns zur Menschheit aufgerichtet!
Niedrig blieb der Sinn.
Ein Requiem auf uns selbst?
Ein Jubilate über uns hinaus!

## *Des Endes Gabelung*

Des Wegsteins sonderbare
Inschrift sagt: Bis hierher gingen
Falsch und Richtig immer noch
zusammen; hier entscheide dich:
du wirst auf keinem lange gehn –
entweder du erschlägst,
oder du wirst von dem, der selbst
sich richtet, noch erschlagen.
Nun triff deine Wahl. Es geht
ab hier zum erstenmal getrennt! –
Warum, da's nicht mehr nützt,
so fragt ich; doch ich pries
im Innersten des Möglichen
Entscheid.

## *Das Geistige*

Wissen wirs, ohne es zu verraten,
wie schon ans Kreative der Infantilen
die Musen, anders noch zu umschreiben
als mit dem dürftigen Intellekt?
Oder ist die Unmöglichkeit schon
sein Totenschein? – Es stirbt
in unseren Tagen die Menschheit,
mag sie sich auch noch alle paar Jahre
verdoppeln, bis zur Vernichtung.

## *Religio humana*

Könnte dies noch einmal
geschehn: daß der Priester
hinansteigt zum Altar,
dem Höchsten auf ihm
das reine Opfer zu bringen
– Goethe in der Morgensonne –,
und wir alle, Hypsistarier,
ständen im Kreis, und uns
wärs im Innersten getan:
welch geheiligte Wohnstatt
wäre die Erde wieder,
und welch erneuerter Menschheit!

## *Naturgeschichte*

Geschwärzt vom Erdreich trat ins Licht,
der erst durch Tönen Sprache lernt,
sich von der Tierheit Reich entfernt
und erstmals denkt, indem er spricht.
Ihm schlug das Wollen zu Gesicht,
drin das Erschaute sich versternt,
das Bild bis auf den Kern entkernt,
und was draus wird, das gibt es nicht.

Zum Gott entrückt er, was er preist,
zum Weltgesetz, was er erkannt;
in das, was ist, verbohrt er sich.
Sein höchster Wipfel blüht ganz Geist!
Doch weil die Wurzel ausgebrannt,
verdirbt der Baum elendiglich.

II

## *Kosmodizee*

Einen Nebenweg
der Weltlinien
unbedachten Morgens
gebrauchend, stieß ich
plötzlich ans Schicksal;
und es sprach zu mir,
unübersetzbar, doch daß ichs
ins Mark hin verstand:
vom All, seinem Leiden,
und dessen Schein.

*Alls Leben*

Ein jedes Exemplar
der ungezählten jeder Art
erhielt zum Docht die Flamme;
und der Lichtprozeß, unendlich,
nährt das All, das ewig
ungesättigt sich aus Frischem
vollständig hervorbringt
und ins Grenzenlose
weiterwächst: das Eine,
unerschöpflich aus sich schöpfend,
das sich selbst vermehrt
in jedem Exemplar.

## *Monas monadum*

In großen Abständen, aber
aufeinander bezogen, drehn
daseinssprühend die Mühlradwelten
sich im Gestirneschauder: Einheiten
ihrer Vielheiten, Ganzheiten
welches Ganzen? Der
schwebenden Lichtmaschinen
zeitausgefaltete Gestalt hat
jede ihr Selbst. Es existieren
Häuser im All, drin zu wohnen
in Abgesondertheit Unzähligem
Leben ist. In einem davon
auch uns.

## *Averroistisch*

Ein Stern führt seinen Ort
im Kreisen stets mit sich:
nach allen Seiten Abgrund,
unermeßlich Nichts, und bruderlos,
schwindelt' ihn sonst im All –
das nur aus fernsten voneinander,
zahllos Einzelnen besteht.
Er strahlt, verzehrt sich, wuchtet:
was könnt er sonst tun?
Am liebsten würd er, ganz zum Schluß,
nur Ort sein – Schwarzes Loch.
Unsterblich, als ein Teil.
(Nicht: als ein Selbst.)

## *Eleusis*

Wenn irgendwo in Weltallstiefen Staub
noch unerwachter Seinsgebiete, heiß
bestrahlt von jungen Riesensternen, sich
wie Schlaf, der träumend Raum wird, anfänglich
erleuchtet; Zauberscheins im All aufblüht;
drin Schicksals Vorgeschichten schon Gepräg
erproben: so erschaut sich Phantasie
im Weltprozeß, was eigentlich geschieht:
ihr-eignen Grunds nur älteste Gestalt.

## *Entelechie*

Die neuerschauten
Wunder des ewig schöpfungstätigen
Weltenraums im unendlichen
Milchstraßen-Sternen-All –
sie will der unsterbliche
Seelen-Anteil in uns, nach dieser
Existenz, sich erwandern:
das Mitsein begehrt er am
unbegreiflichen Selbst-Schicksal
des Ganzen, der Gottheit-Welt.
Seine Vorschau hinein dort
wirft dieses irdische Kleid
schon ab und ersprießt ihm,
mit dem Regenbogenglanz
erstbestrahlten Flaums, die
vollkommner einst entfalteten
Flügel. Und die Erleuchtungen
Staubs aus dem Nichts, die Provinzen
des überherrlichen Reichs
mit ihren Licht-Metropolen,
miträdernden Traum-Gesamtheiten,
Abgrundgebärungen, sie schwören:
hier ist die Welt-Seele
tätig von je, wir fügten uns ein
mit dem Höchsten, dessen wir fähig.

## *Logos*

Was ists, das entzündet
als unauslöschliches Licht
uns Ephemere im All
noch glauben läßt, wir seien,
über die Reihe vom Stern
bis zum Wurm hinaus, dem
Ganzen die Ähnlichsten?
Und unser Erkennen folge,
wie auf sich selber zu,
nur dem Wink des Entsprechens?
Abgetan zwar der Hochmut,
im Sturz, aber unwiderlegt
diese einzige, höchste
Verwandtschaft.

## *Täglich*

Täglich geht es vorüber,
was das Weltganze uns
am Antlitz des Himmels
immer als das, was jetzt ist,
überraschend zeigen mag:
das höchste Ringen um
gottunmittelbaren Bezug.
So daß sofort wie im Traum
wir die Wahrheit verstehn.
Im Fernsten waren wir schon
zuhaus: es kommt sich das Wort
immerfort aus der Welt
neu entgegen; der Funke
dem Docht; und im Dornbusch
flammt das Tremendum auf
wie von je. Täglich legen wir,
überwältigt vom Ungeheuren,
die Schuhe ab und betten,
am Fuß der Himmelsleiter,
den Kopf auf dem Stein.

## *Plus ultra I*

Das Mitversinken im Abend,
in der Natur, wenn nicht
auflösend die Nacht
käme: längst überwänden wir
die Schranke dieser un-
aufhebbaren Geschiedenheit,
wären so weit schon
vorgedrungen, im All,
als einem Gleichen in uns
entspricht: dessen Grenzen wir,
als die der Seele, nicht kennen.
Im Bild, vor das der Abend
uns führt, ist das Ungeheure,
niemals Beendbare,
nichts als sie selbst.

## *Plus ultra II*

Im Andrang trübgläserner
Wogen hebt der Schwimmer
sein Anschaun über das
schäumende Brandungsgeschehen
hinaus, wo des Weltmeers
an das Unendliche grenzende
Schwelle erscheint, und
entfaltet der Phantasie dort
die großen Flügel: es liegen
Weiten dahinter, die nicht
zu erfliegen sind, so wie's
die Seele vom Anfang her
einzig will.

## *Seit Parmenides*

Die eigens uns aufgegebene,
seit Jahrtausenden
selbstgestellte Frage:
»Wie ists, dieses Ganze?«,
sie findet immer noch keine
glaubenswürdige Antwort.
Götterbesuch bleibt, was einer,
kündend mit dunkel rasendem
Munde, gesehn hat: hinausgetreten,
entführt und emporgerissen
vom Flügelgespann vor die
aufgestoßenen Tore des
All-und-Einen. Das Haus der
Wahrheit, in dem wir gemeinsam
leben, es wird nur
denen in ihrem wachen Traum
Wandelnden je vertraut.
Wir andern irren
schlafend im Rätsel.

## *Seit Aristoteles*

Erkenntnis nagelt sich ans Wirkliche,
wo das Ansich zu sprühn beginnt, schlägt stets
Berginnerstes vor Ort im Aufblitz frei,
brennt als Gestirn, drum angestrahlt im Kreis
die Erden all mit ihren Monden gehn.
Kristallbekrönt erbaut sie sich den Turm
und wirft Lichts hochentfachten Augen-Schein
aufs finstre namenlose Wogen, Welt.
Sie schafft, das einzige Gesicht im Reich
des blind gespielten Seins, auf eigne Faust
ein Bild mit ihrer Schwester Phantasie,
drin sich, mit Kunst, der Schöpfung Traum im All
selbst zu erspiegeln sucht. Der Nadel gleich
wuchs sie in die Natur. So einsam. Wird,
was ist, von ihrem Tasten je berührt?
Der Wettlauf endet, wenn sie erst sich schuht.

## *Himalaya*

Die hohen Gebirge der Erde
mit ihren heiligen Bergen stehn,
lebendige Kirchenräume, der
Götter Behausungen, Götter selbst,
immer im Drama der Liturgie:
in des Wetters, des Lichts Geschick
vollzieht sich an ihnen des Alls
höchster irdischer Dienst. Nur
einen der Gipfel sonnbestrahlt
durch Gewölk dort droben
erblicken, auserwählt, zwingt
hingerissen dich in des Ganzen
älteste, jüngste Religion.

## *Hedschra*

Im Hitzeflimmern,
durchs Immergleiche
schaukelt dich dein Kamel,
was denkst du? – Stein-
übersäter Grund, oder gar
die Sande, die Rub al-khali;
Tritt vor Tritt in langer Reihe,
zur Brunnenstelle am Abend,
lagernd unter glühenden Sternen.
Die Dschinns der Wüste,
Skelette bezeugens, sind
immer nah. Wie Fels aber
ist Gott, daß das Furchtbargroße
rings nur sein Saum ist.
Was denkst du, als Ihn?
Fünfmal täglich die Stirn
im Staub?

## *Wasserdampf*

Der Weltenmantel, drein Erde sich
unablässig anders drapiert,
krausester Wirblungen voll
die verschlungne Gestalt,
nach Gesetz und aus freien Stücken:
antlitzlosem Wissen gleicht er
und mit tragischen Zügen.
Seins-Sinns Möglichkeiten,
Mitbetroffene des Geschicks,
lernen wir ihm ab, jeden
Tag mit großem Horizont
und wolkenerfülltem Himmel.

## *Erdleben*

Bedeckten Himmels Formung zeigt sich oft
spät nachts so neu, als wollt sich etwas drin
vom Erdewesen dieser Zeit enthüll'n:
ergraunder Kontinente Küsten ziehn
sich den Kontur wie auf Entdeckungsfahrt
im märchenhaften Meer der Wirklichkeit,
das immer voll Gebärung den Planet
umfließt, unendlich wie der Symphonie
harmonisch unterschiedene Figur:
daß wir im Droben staunend Zukunft schaun,
dran uns die Augen klär'n an dem was ist:
wir sehn die Welt im Gang, sie setzt sich fort,
die Schöpfung ist ganz innerlich und nackt
nachts, ohne Zeugen, herrlich, grenzenlos.

## *Am Wolkengeschehn*

Wenn die weithinsegelnden Tage
des inselseligen Meers Fernungen
voll des blendenden Weißen baun,
dann des Wetters große
Charakteristik die ungeheuersten
Schriften mischt, zuletzt auch,
hinträumend Abendhimmeln,
des Abschieds unsterbliches Glühn
immer neu in sein Jenseits stirbt –
das vergängliche Spiel des Ewigen,
in der Weltseele Rolle verkörpert:
manchmal, aus uns herausgestoßen,
als am Höchsten uns Gezeigten
nehmen wir, tief drunten, teil.

## *Exaltation um Gewölk*

Immer wölbt sich in uns
an den Bildungen des Gewölks
das Schöpferische mit und will
einen halb sich verhüllenden
Sinn sich enthüllen:
ein Anfang fing uns ein,
ein Strom führt er fort,
schürzt Schnellen und Glätten
und baut sich mit steigenden Wogen
über Wirbeln hinauf zur Höhe des Gangs –
bis schon keine Ufer mehr engen,
ein Meer sich ermündet
und nur mehr ein Ganzes wogt
in uns, vor uns:
bis das All uns nicht mehr
unterscheidet.

## *Verschattung und Wahrheit*

Der Wolkenschatten, der dort
auf dem Berg liegt, stellt ihn
zurück in das immerwährende
Wechselgeschick der Erde,
wahrer als das ein Zeitloses
lügende Licht. Dies ist kein
Stern; es geschieht alles
trotzdem und aus eigener Kraft.
So greift Vergänglichkeit
ungehindert an Gipfel wie
Flanken und in die Täler.
Im Ernstwerden der Höhen droben
grüßt unser Erkennen den Sinn.

## *Deutungsversuch*

Im Zusammenbestand der Wolken,
lichtfangend im räumigen Blau,
erklärt sich der Erde tägliches
Schicksals-Baustück im Ganzen:
Dreiklänge durch alle Oktaven,
darin der tragische Vorhalt
aus Träume-Weisheit langsam
die Wut türmt, kathartisch
die Wahrheit herauszubrechen
aus dieser in Ewigkeit behinderten
Welt: ein Schrei in den Himmeln,
täglich, mit dem das Höchste
Demübersich ins taube Ohr
das Donnerwort seines Nicht-
Einverständnisses spricht.

## *Land und Meer*

Brandend grenzt
»was keine Balken hat«
an das Bedingte,
Beschränkte, Bemühte:
die beiden Reiche
des Lebens-Planeten
– drüber der Vogel-Raum –
fordern sich kontrovers.
Seit Urzeiten
schüttern, malmen
die Grenzvorgänge,
Feste sich in Katastrophen
bereitend, friedlos
aneinander: Gebete
mit Großartigkeit überhörend –
in einer einzigen,
übergedrängt drangvollen Nacht
den Jahrtausendraum
terrestrisch, maritim
neu verteilend. Künftiger
halkyonischer Paradiese.

## *Evolution*

Der groben Elemente Schmieden
hämmert, meißelt, bricht und malmt,
und hinterdrein millionenfach
im Kielwasser strömt wunderbarst
erzeugte Brut, die Zeitengang
in alle Zonen fördert.
Sprühn und ewig Schauder, prallt
das Donnernde an Klippen, dran
das gläsern atmend zarteste
Gebild sich Haus erwählt.
Und noch in Kältedom und Feuerschlund
siedelt, was aufwärts sich
zur Seele regt. Es giert nach Sein.
Elementarisch ward
Revolution. Die Folgen
überwalten.

## *Terra inferma*

Mit allen Flüssen, Küsten, Meer
schleift Tag und Nacht herumgedreht
der Erdball, daß kein Glas zerbricht,
durchs wüste All die sichre Bahn.
Stellt steil am Berg den Wasserfall,
den voll mit Glanz gefüllten See,
den Stromverlauf ins Morgenrot,
und jeder Tropfen ist gezählt.
Läßt flockenstill die Nacht durchschnein,
bis allen Astwerks Last sich türmt,
setzt Rauhreifs Zierat dran und schnaubt
der Felswand Winter ins Gesicht.
Die Riesentannen im Gebirg
starren mit Nadeln unverworrn
und ältste Türme wanken nicht
auch linienbreit aus ihrem Lot.
Dünn wie aus Pfeifen steigt der Rauch
aus manchen Wäldern, kerzengrad,
bis ihn ein Windchen seitwärts zöpft,
er flach in Schwaden weiterwallt.
Durch Schächte fährt der Bergmann tief
zu Kohle, Salz und Erzgestein
und kehrt glückauf, wie Wasser steigt
stets über sich aus Brunnengrund.
Der Länder unverschobnes Bild
blickt aus Atlanten treuverbürgt,
kaum tritt Vulkan und Insel noch,
ein seltner Kontinent hinzu.
Doch alles Feste ist ein Traum,

einmal wirds auch der Erde leid,
in Götterdämmrung, Weltenbrand,
Sintfluten büßt sie ihre Lust.
Facit natura saltus, heißt
die Wahrheit. Darum gebet acht!
Einmal wirds auch der Erde leid,
und alles Feste ist ein Traum.

## *Die Donau*

»Was aber jener thuet der Strom..«
Der Ister

Des Schwarzwalds Hang entquillt,
entrinnt und folgt
dem immernächsten Tiefren,
was des größten Stroms Gestalt,
erdteilentwässernd,
werden sollt: daß fast
vorm Meer schon still
die Spiegel stehn; und doch
ist die Figur ein Traum:
denn niemand weiß, der
Fortfall selber nicht, das Ziel.
Was als Gesetz zugrundliegt,
handelt Leben ab, sonst nichts.

## *Die Donau bei Hainburg*

Gedrang die Treppen nieder kommt sie
strudelnd hermarschiert, als gings
jetzt endlich aus dem Haus und groß
nach Asien hinein, und tritt,
mit Schottern da und Schleifen dort,
rasch in die Biegungen um Berg und Au,
bevor die Mitte sie in grader Fahrt
des Kontinents verläßt, ihr erstes
Leben, und das zweite tapfer
anfängt, hin zum Meer.

## *»Winterreise«*

Die Krähe schrie, und schrak nicht, dicht am Weg,
im winteralten nahrungslosen Schnee:
mit Hunderten, zuvor, kreist' sie im Pulk
harmonisch-kosmischer Disharmonie,
die nur als Höchstes uns gelingt. Ihr Zorn
ging auf den Kern: Natur, die sie erschuf,
war nicht belangbar. Seelenexistenz
beglaubigt aber: Recht ist bei dem, der
ins Ganze hingewandt die Klage führt:
Was soll, ans Nichts verwiesen, was da ist?! –
Und ich, bestürzt, fragts gleicherweis für uns.

*Natur*

Grün schmückt jedes Frühjahr sich im Wald,
mag auch draußen enden was da will:
sehn wir uns am Sichbelauben satt,
wird ein jedes menschlichs, nichtigs Werk.
Tiefer sinkt die Fülle dem Planet,
ärmer; vielen spricht nicht mehr Natur,
rollt des Morgens, Abends Licht umsonst.
Letzte Völker, gläubig lebend, gehn
aus Urwäldern nieder, um dem Schutt
einverleibt zu schwinden. Aber Licht
lernt nicht Niedres. Taut der Schnee im Wald,
wird ein täglich Regen. Und im Mai
hat sich völlig wiedrum durchgesetzt,
was die Erde Eignes: Leben, schuf.

## *Das Unteilbare*

Nachts, wenn wir in Häusern schlafen,
widerstrahlt der Mond aus Wassern
keiner Seele: jede Welle
blitzt und spiegelt, funkelt, flimmert
nur in augenlose Leere.
Ewiger Urzeit Weltgenüge
kennt nur Sein und kein Erscheinen,
und die Schönheit wird nicht wirklich.

## *Gesicht*

Wie ein Stück weißbereifter Fichtenzweig
– leicht rührt', ein Vogel, ich dran über mir –
mit allen Nadeln deutlich dicht und rein
in Winter-Wolken-Mondnacht wohl erscheint:
schau ich in ihm Gewißheit von der Welt
nach mir und zweifle nicht: Natur bleibt da,
unzählig ganz in jeder Einzelheit.

## *Die Sternzeit*

Der Sonne kurzem Stundenlauf entrückt,
teilt nachts die Erde wieder Sternzeit, der,
bevor Planet, selbst Teil von einem Stern,
der nicht mehr ist, sie einzig eingetraut.
In Forterinnrung früher Existenz
strahlt ihr die alte Ordnung aus dem All,
das unrückbare Wandeln im Gesetz.
Stern war sie einst, sie wird es wieder sein,
wenn dies ihr Schicksal, Erde, bald verglüht,
eine gewachsne Sonne sie in sich,
den Stern, zurücknimmt. Sternzeit über ihr!
Die allweit klare Nacht, ringsum verstrahlt,
grüßt sie von Ewigkeit zu Ewigkeit.

# III

## *Weltmusik*

Der Spieluhr immer wiederholtes Lied
– ein Leben lang gehört – vom Jahreskreis
zeigt mir im glockentönend feinen Gang,
worauf man spät erst acht hat: im Gesetz
die Künstlerin Natur, die Freiheit liebt,
es immer eigen, schön zu tun. Wohl kommt
zur Frist, was Mai's ist, geht Novembers fort,
doch Frühjahr bleibt ein Rätsel, und den Herbst
bestimmt die Laune. Sommer ist ein Glück,
Winter das Schicksal. All das feinre, mond-
verschobne Auf und Ab strebt, moduliert
die Melodie zu halten. Bis zuletzt
wird mich die Variation erstaunen, doch
nicht irre machen. Denn die Harmonie
der Welt hat sich das Alter längst erhört.

## *Winterspaziergang*

Bei Kälte und Bläue
lichtgeblendet
durch Schneeland gehn, in
geweiteten Mittagsräumen:
mitwandert zuseiten, von Feldern
gewölbt, das Kristallaufblitzen,
in Fernen stehn, Feinheit-blaß,
noch benennbare Berge: ganz
zieht der Süden den Blick, das in uns
sich Orientierende, an, den,
drei Bäume nur über dem Horizont, die
Sonne, nicht anzuschauen, beherrscht.
Sie und wir treiben immer mehr, im
Schattenverlängern, gen West,
wo die Welt sich näher hinaus
ins Göttliche fortsetzt.
Wir gehn zuletzt darauf zu.
Alles Glück des Tags will sich
wintertief aufgehoben
in seine Unvergänglichkeit
bergen. Es glüht im Versinken.

## *Aufriß*

Hoch und bei Vollmond
löst sich der Himmel mit
Licht in eiskalter Nacht
und der schwarzdurchstirnte,
zwischengeöffnete Abgrund
bringt das Unendliche wieder nah:
Groß muß die Welt
in der eigenen Enge uns sein,
daß wir nicht den
Aufblick ins Überwärtige
ganz verlernen.

## *Februar-Halbmond-Nacht*

Orion, rund ihm gleich
das Winter-Sechseck, steht
erhöht im Himmel: Lampen, die
groß schweigend-feierlichen
Raum ausleuchten; Häuser, ein
Bebautes zeigend; nur, daß,
wo im Vasten unerkannt
noch Inseln Lichts mitstrahlen,
das Gefernte lebt. Es haucht
der Erdendom, so klar er kann,
sich frei. Und Staunen hängt
am heutnacht auserwählten
Sterngewölb. Darin der Mond
sich silbergrau ergänzt.

## *Mittfeberabend (mit Avramidis im Prater)*

Der krächzende krähen-
geschwärzte Himmel,
das zehntausendfache
Drehen der letzten Mühle,
dann Flucht – denn
dahinter kommt, breit,
stahlweiß in Blitze-Aufschein,
Sturm-Baumaufrauschen, schon
droben die Donner brechend
des letzten Wintergewitters
lauterprasselte Wüstheit.
Es rollt das Jahr trotz
Holpern genau und
verkürzt nichts.

## *Märzverschneit*

Spätwinters Schneegelände, schon
der Erde Brautausstattung, drin
fast aufgewachter Bäume Schwarz
der Einheit Werk vorausweist und
das Glück der Augen, langentbehrt,
für Schauns Erfahrung festgelegt:
im Raum kommt Andres, neu, durch Gunst
zur Ankunft, so versteht der Sinn;
und das schwarzweiß Gestimmte trägt
die Botschaft weichrer Zeit, und stärkt.

## *Vorfrühlingsnacht*

Die Luft, ein kühler
gleichgestandner Hauch,
scheint neu und anders; suchend
seh ich droben einen Stern –
auch er scheint anders, neu
zu strahlen, der doch immer ist:
wie aus der Zukunft Licht.
Und ich, spür ich in mir,
wie wunderlich, nicht ebenfalls,
daß mit dem Ganzen etwas sich
mitwandeln will? – Was kommt,
sei aufgenommen, sei gelebt,
die Frist ist noch voll Hoffnung,
Mut, Versprechen und Geduld.

## *Osterspaziergang*

Zu früh. Am Himmel trägts unendender
Gebirge Ströme, quillend fortgebracht,
Schiffung getürmter Ketten voll vorbei,
wie's Wald dort, Wald hier brausen läßt im Ton
der ganzen Erde, Sonnenstrahlung kurz
nur heißer Bläue Kraft verstattend, daß
ihr Boden, Farb-in-Blüten aufgewacht,
aus ihr sich spiegle. Frühjahr spart sich nichts
an rauh'm Geschehn. Landüber düstert grell
der Berge Schnee. Viel wills, was wird. Zu früh.

## *Alte Heimat*

Es geht ein Tal
aus den Wiesen hin in die Enge,
in den beginnenden Wald;
hat drinnen freiere Räume,
gebogen, gelichtet beschützte,
weltungestörte Plätze,
dunkel umrahmt; und es führt
durch die lieblichen Abenteuer
der Einsamkeit. Im Frühling
erwachts mit dem Licht der
Kirschbäume in den Fichten
und Blüten am Bach. Ein Leben
lang, und seit Menschengedenken,
erfreuts und ist mir von dem,
was tröstet auf dieser Erde,
das immer noch Sichre. Ich geh,
so lang ich noch geh, es jährlich
wieder zu suchen.

## *Frühlingsnacht*

Draußen blühen die Bäume.
Tief in die Nacht Wachender,
was hast du plötzlich für
Sehnsucht, unter ihnen zu stehn?
Bedeckt ist der Himmel, wie
heute den ganzen Tag; es
regnete. Aber ein Ast,
überquellender Kirschblüten voll,
kam dir vom überall schon ins
Blühn aufgegangenen Land.
Auch jetzt versprächst du dir
im Dunkeln irgendwo
aufgrauende linde Entzückung,
die wie ein endliches Ziel dir
wäre, auf Erden eines zu haben.

## *Gegebenheit*

Erst halbgefüllt,
setzt der Mond sich doch durch
im zur Reinheit nicht schon
entschiedenen Himmel:
und es bleibt zu bedenken,
daß nichts Absolutes die Welt
ist, aber nie wiederkehrend
die Lebensgestalt;
so wie droben der Mond jetzt
Strahlung genug verliehen bekam,
um ins Irdische auch in
schleirigen All-Ausblicken
zu leuchten.

## *Mit Akeleien*

Dein Eintritt draußen in die Welt
auf Frühlingshöhn,
mit goldentblühten Wiesen,
edlen Blumen durch den Wald,
begleitet sei er donnernd
und in Schauern: überschwenglich
und mit Vogelsang stellt,
kaum nach Wetters Fortzug in die Berge,
nässeblitzend sich die Schöpfung
wieder her – ein ganzer Abend;
draus zu scheiden du
fast nicht vermagst.

## *Meghaduta*

Der Wolkenaufblick sieht die hohen Massen
fast aneinander einverständlich ziehn:
wie Gipflungen Lichts Schein sich überlassen,
grauschachtgewahrt lebendig droben fliehn.

Westost geht durch ein Fahren, fern, von Meeren,
Gebirge voll geblähter Luft einher,
und mit in Tausenden noch klaren Heeren
verwirklicht sich, was Himmel will, Verkehr.

Sie bauen sich im Obern die Paläste,
gründend ihr Drunten in des Regens Fuß,
sie wandeln sich und sind nur Überreste,
sie strähnen halb sich erdenwärts im Guß.

Pompös, bombastisch kuppeln die Gewölbe
montblancgleich scheitelnd was dann niederbricht,
verschwenden sich verbunden an dasselbe
und streben einzeln jedes nach dem Licht.

Nur kurz erschaut die ungeheuren Züge,
erhaben Blind-Gebilden aufgeprägt,
Bergketten gleichen hoch die Überflüge,
drin Wolkenwand um Wand Fels' Antlitz trägt.

So stauft ein Kontinent in Trümmern treibend
Vergänglichkeit noch steil zu Zeit Gewinn,
erwählt ein herrlichst Blenden sich als bleibend,
Flüchtigstem einend Daseins großen Sinn.

Das weiße Kochen drängt, nicht auszuwarten,
Äußerstem zu, ingleichen das Geschehn,
das Donnern kündet: wie, im Frühlingsgarten,
wir sehn im Blütenwind die Bäume wehn.

## *Wandrers Bestimmung*

Waldgrund, ungeschlachten, weiten,
aufwärtstreten, im erhabnen
taghalbdunklen Säulenraum:
zielwärts Helle, Hügels Rückgrat,
reich Verheißungen des Lichts;
also steigst du, Laub und Äste,
Rottung, Hades' Boden meidend,
wie durch Niemands-Feindland stetig,
weils zur Jenseitsschau dich zieht.

## *Auf der Paulmauer*

Von Waldbergs felsigem Gipfel tief im Land,
wo's voller Faltung schon in Wogen starrt,
schaut ich an Frühlings Mittag erdeweit
ins Unbewohnte, auf und ab wie's neu
das Wäldergrün gescheckt bekleidet', holt
aus Fernen mir die Welt heran – und nichts
war mehr zu tun: des Schauens Phantasie
begnügt' sich, schaun in einem Ganzen. Klar
lag jede Einzelheit im Sein. Es brannt
die Flamme Jetzt, und in ihr war bewußt,
daß nichts sich wiederholt. Im Raum auch stand,
unzählbar zwar, das Endliche. Kein Blick
reicht über dies hinaus. So wie in mir,
war ich im All gefangen. – Doch mein Geist
ergab sich nicht. Er wurzelt nicht als Baum,
wie Tausende, die dort vor ihm er sah
und die nur innen lebten, tätig-selbst;
er war nicht festgemacht. Erschaffen war
er als ein Schaffender, und so versetzt'
er sich von hier in Andres, weiter fort,
und ins Gewesne, Künftige: in ein Jetzt,
das er erwählt'; während ein Ganzes er
am Ort erschaut', war er dem Ort nicht treu,
war weit verteilt. – Dies wars, was ich empfand.

## *Schöner Tag*

Taghimmel,
wolkenräumig licht und blau,
drin Luftreichs neuste
Weltgeschichten, aufgeführt,
das himmlisch Erdentheater,
bestbesetzt, von Glanz und Mächten,
oberen, ein Spiel erzählen lassen,
so verständlich, daß es vor,
weit über aller Sprache
dichterischsten Sinn beschäftigt,
der sichs dran erschaut.

## *Sommertag*

Die hohen Stunden
am Waldberg, in seinen
welthaft eigenen Teilen,
wo Dasein sich die vielfach
verschiedenen Ordnungen baut
im Zeithaus von Licht und Schatten:
wie scheid ich dies,
Jetzt, und Erinnern?
Traumhaft begonnen,
wird das Erfahrne ein Leben lang
weiter warten, mit dem Verzicht
auf Einsicht; und nie verschmerzt.
Nur hier sein verlockt.

*Sommer*

Ruhend im schattenhäusigen Reich
hier der Linde schaust du hinaus,
und weitergewandert scheint dir
das Waldeck dort mit der einzelnen
Fichte im Flimmern des fließenden
Tags in Zeit und Geschick, jedesmal;
und durch dich auch hindurch gehts
mit Jetzt und Danach, wenn das ganze
grundeingeprägte Bild vor dir du immer
wieder durchläufst und nie aus den
tiefen Fernen genau so zurückkehrst:
das Dort ist, das Hier war schon früher,
Welt aber ist eine? Du weißt auch,
und gibst dich gern hier im Schatten
gefangen: die große Verwirrung
ist unauflösbar für dich. Ein so
einfaches Lied wie der Grillen aber
aus den noch ungemähten Wiesen
geht weit über dich hinaus
und hilft dir begreifen.

## *Auf dem Stein*

Am Stein im Feld,
die Ulme wuchs darüber,
miß dir deine Zeit:
du schaust in Abendweiten,
Tags geschloßne, heut
durchlebte Welt halb-ungefähr
begreifend, meinst ein Ganzes
zu verstehn; und Steins erwärmter
Sitz durchschaudert dich, bewußt:
bis zu Erdbildungs Tagen zeugt
Erfahrnes her zu dir
und fort ins Ungeheure; gibt
dir Menschlein Sitz und Wissen
und, selbst Alls Gang angehörend,
deine Zeit. Behalt sie
im Gedenken, wie verschwunden
sie einst ist.

## *Die Linien des Lebens*

Die rein in Fernen graut,
Gebirgs ansteigende Linie,
übernimmt vom Urteil des
Schicksals über die Welt
so viel nur, daß unsrem Verstehn
es zur Sprache nicht reicht,
doch Mitteltinten herein, voll
Mittagsschein über das Wasser,
sie klar, dominant sich erhält
und stets bestätigt ein Träumen:
all das geschaute Gelände
erfülle sich jeden Augenblick
anders unter jenem Akzent,
es drehe die Erde sich in fast den
gleichen Fesseln weiter, die
Urzeit geknüpft, doch es sei
ein Pfeil die Vergänglichkeit
und jenes Berghangs Anstehn das
sichtliche Maß der Zeit: so
versteht es das Einsehn; und wenn
in der ersten Gegenneigung der Waage
das Mittagslicht jeder irdischen Form,
die den Abend zum Ziel hat, schon
in ihr Längerweilendes, daß sie
immer sagender werde, die
endlich-unendliche Tröstung mitgibt,
bis nichts als überlebendes Sterben
die Nacht der Sterne befährt:
voraus erfüllt sich so das

Schaun in die Weite: aus Linien,
längst, weiß sich zu erkennen
das Leben.

## *Waldgang*

Ruflose Waldesbreiten,
domhohe Schneisen;
gratwandernd Hügelwogen,
dicht Kräuter und Äste.

Aus den erhabenen
Säulen-
Hallen des Wildes
schaun die vergessenen
Lichtungen, voll
Tollkirschen, Hollunder.

Und seine geballten
Himmel träumt
wechselnd der Tag herein,
glänzt dunkelnd
wider aus Regen.

## *Sommer-Tief*

In Nebelrieselns, Regens graustill Heut
durch Waldlands Hügel, Täler Wege gehn:
die Wiesen – Gräser, Blumen, starrend voll;
dämmernd durchtropfter Wälder Schleirung, drin
sich Wesensräumlichkeit im Übertritt
blickweis vollzieht; im Fluß das ichlos nackt
erglänzte Antlitz, himmelausgesetzt,
von Regnens Blüten und dem Sternenweiß
flutender Pflanzen doppelt ausgeschmückt;
und drin der Einheit wechselnder Moment,
als Abenteuer stets hervorgebracht
in fremder Lebenskette, der das Heut
beschränkt-unendlich Möglichkeit verleiht:
der Regentage anders-eigne Welt.
So mit der Erde sein in gleicher Zeit,
das Eine, Größte mitbefahrend, wenn
es schier geschieht: des Daseins Spitze ists,
auch unbekannt; es ragt ins Innre ein.

## *Anamnese*

Lichts Strahlenkrone aus Verwölkung fällt
auf auserwählten ärmsten Erdenfleck
zu Wunschbild und Vollendung: dort herrscht Glanz
und traumhaft Seligkeit. Du schaust und trittst
durch deiner Augen Dichterphantasie
in reichre Welt, von der du alles weißt,
weil du genau schon einst in ihr gelebt.

## *Schrillend im Raum*

Schwalbenspiele,
auch über unhistorischem
Zeitort – Menschengeschichte,
zählt sie in der Natur? –,
sommerabendlich
von gleicher Bedeutung:
sie trösten uns, daß wir
längst wieder Nichts geworden
im Ganzen:
nie ja sehn wir uns satt,
an ihnen uns,
gleichnisweise,
bestätigt zu finden.

## *Die Gewesenheit*

Wer ins Vergangne schaut, das hohe Grau
der Kirchenwand vor sich im engen Tal,
und zweifelt, ob er damals auch gesehn,
was jetzt: die Tiefe aller Zeit – der irrt.
Immer war Ältres da, der Boden hohl
von kräftigern Lebens Gräbern, wie's uns scheint.
Das Licht strahlt Erben von den Ahnen her,
sonst würden sie nichts sehn und hörten nicht
das Ewige im Geschrei der Schwalben, die
sich um den Stein der Türme ziehn. Uralt
ist Gegenwart. Den Fels Vergänglichkeit
umbrandend, weckt sie Meers Gezeiten-Sinn.

## *Die Reste*

Zeit wirkt am altgebauten Weltbestand
an Lebensmustern ungelehrig fort:
der Schattenwurf in Winkeln weiß nichts mehr,
als wie zum Mauern-Glühn ein Andres sein,
gut Sommers Schlendernachmittag; und Tod
schleicht auch zur Zeit ins Haus – vorbei, im Brauch,
an was nur innerlich erschrickt: Dasein
weiß immer Abgrund. Wenn die Rosen blühn
– sie blühn am alten Stock –, erneuern sie.
Das Unvergängliche träumt wirklich, nie
fällts aus der Zeit. So lang nur diese währt.

## *In den Abend I*

Verhaucht die Abendsicht im Tal – fern dem
drauf zugehn, in der Existenz, der dies
damals gegeben war, als Welt noch war
und ferne Abendwege Brauch. Es winkt
in Gegenwärtigem Vergangnes, und
wir wurzeln, wo's vollkommen war zu sein,
in allen Zeiten, die wir je bewohnt.
Die Erde zeigt am Abend manche Welt.
Hat sie den Schlüssel, schließt sie Seele auf.

## *In den Abend II*

Der Wanderer,
der, seinem Ziel noch nicht ganz nah,
des Abends und des Himmels
Schauspiel hin zu dem der Welt
mit seinem Leben steigert,
wird im Träumen fruchtbar:
dichterisch erschaffend, was bedeutet,
kennt er das sich Offenbarende
als nie mehr Wiederholtes;
schaut im Glühn des Ungeheuren Grund,
Unsterblichkeit die fortgeht aber bleibt,
wenn er das langsam Dunkelnde
hier läßt und, wie die Seele zieht,
sich ins Unendliche bewegt:
schon im Vertrauten watend,
spät in Dämmrung fern vom Ziel.

## *Sommerabend*

Des Dunkelns gluttrunkener
Westlands-Akkord der
himmelverbrämten Erde,
ein vorlang begonnen groß
Tag austräumendes Wesen:
zeugt, und bezeugt, und
endet es nicht, das
im-Hinschwund-Blühn
ihres in der Wahrheit schon
anzuschaun sich verewigenden
Vergehens.

## *Abendröte*

Feuer, das der Seele ihr Glühn
und Zuhaussein im Nicht-mehr-Anderen zeigt,
brennt überm Tal, als wär es,
als Schmerz in der Brust, in ihr:
im zitternd Vergänglichen
das Unvergängliche, wie es langsam fortgeht,
und tief ins Finstern, als Schönheit,
nachleuchtend im Innern.

## *Nachtspaziergang*

Die erste Nacht in einem fremden Tal:
die andre Himmelsfassung, Weltausschnitt,
prägt schon die dunkle Gegend – Übermacht
des stumm gefühlten Wesens, hier zu sein;
der Phantasie Begreifen faßt ans Ziel,
wie niemals Tags Erfahrung: sie berührt
das Schicksals-Mögliche, das nie geschieht,
weils nie sich ausgibt; einzig nur erkannt
von fremder Seele Gleich-Unendlichkeit.

## *Irgendwann nachts*

Ich schau hinab ins Tal,
und was erahnbar ist
hängt, unerratbar welchen
Grunds, in Lebens Bald-
Vergänglichkeiten, schwarz
wie Patzen, wirkverknüpft
zusammen: daß es, wie
geträumt, sich selber lang
erzählen könnte. Doch
das Ganze-Schaun hat nicht
für Einzelnes Geduld –
es streift
durchlässiges Gewölk den Mond,
hellt dort am Bach die Weiden,
graut den Rest hinweg
für eine Zeit; und Müdigkeit
gibt auch zum größten Teil
das ausgekannte Bild
im Talgrund auf: sucht
überm Hügel Licht, an
fernen Wolken; endet
dort.

## *Aus den Offenbarungen der Nacht I*

Und immer überrascht
der Himmel schon zur Nacht,
wenn über ihrer Hälfte,
scheinhaft ordnungaufgelöst,
das morgige Gesetz schon
erste Schritte aus sich zieht,
vielleicht erzählend höchsten
Weltbauns Vorgeschichte:
rasch gehn Wolken hin im
offnen Sternblau, weiß und
duftig, und das Herrscheramt
im Obren zeugt sich streng und frei.

## *Aus den Offenbarungen der Nacht II*

Ein Schwanenflügel
überwandert hoch den Mond,
sein Federlichtgewand
blüht irisiert:
der Himmelskörper, unser
Sonnen-Nachtbegleiter, schaut
in Vollheit rein auf uns
herab, kaum strahlgemindert;
wie, so fragt er, könnt uns
Tags Kehrseite Welt verschrecken,
wo doch Licht im All immer
vorhanden ist? Gewölk
verschiebt sich; selbst
wenn dunkle Massen, Rauch
den Schein ganz austun, bleibt
die Stelle; und kein Sieg
ist stiller als, wenn wir
im Schlaf, das Hochgeleucht
sich ausgefesselt: rund,
in schärfster Spieglung spielt
er bis ins Morgengraun
des Lebens Lichtverleihn, glänzt
steil in all der Erde Traum.

## *Nachtangesang*

Ich hab in mittner Nacht
allein mich aufgemacht,
der Sterne Schein zu grüßen;
Welt dichtdurchglänztes Haus
füllt licht die Räume aus,
läßt finster uns zu Füßen.

Im uralt hohen Baum
funkelts vom Zeitentraum
mit goldenklaren Früchten;
wir langen nicht hinan,
habens kein Teil daran,
was Ewigkeiten züchten.

Die Zeichen, eingebrannt
am Firmament, bekannt
sind längst sie schon der Seele,
draus von Gestalten Bild
und Ungeheuern wild
Urweisheit sich erzähle.

Daß, wo ein Stern herblitzt,
ein Geist vielleicht besitzt
sich selbst in seinem Denken
und so das weite All
in Eins zusammenfall:
der Ahnung will sichs schenken.

Nicht kann gewährt allein
des Ganzen Anschaun sein
dem Staubkorn dieser Erde;
wir wissen nur nicht, wer
mit uns schaut, und ob der
nicht tiefer blickt ins Werde.

All-ausgestreuter Sand,
kristalldurchglüht im Brand,
erscheint als einzig Leben:
der Rosen Tausendzahl
blüht durch den Gartensaal,
drin Weltseins Sommer weben.

Mich soll mein irdisch Schaun
am Himmel auferbaun,
schwärz mich ins licht Gelände:
zähl ich mich dort hinzu,
wird mir auch hiesig Ruh,
denk, Welt ist, und ohn Ende.

## *Die Wand*

Hoch im Gebirge,
zu Abendlichts Schattenwurf,
traf ich im Wald noch
auf einen dunklen See:
die Felswand
strahlte im finstersten Leuchten.
Traumbezwungen
schwamm ich, das Abgründige
nackt am Leib, hinüber,
berührt' das Furchtbare dort,
das glatt zur Tiefe ging, schaudernd,
und floh, ein Unnennbares
hinter mir, zurück zu
Rettung und Ufer.

## *Revolution*

Hochtobend
fährt Bergs Regenschlange in den See,
baut wüstend weit ihr Wassergrab hinaus,
wo nebelweiß gedeckt die blinde Fläche,
Glas in Glas gesät, vom Himmelsfließen
zischelt. Stark hält was hereinbrach heut
den Platz. Es kam ein neues Recht hier im Gebirge.
Aufmerksam lernt alles schon zur Nacht,
mit ihm zu gehn.

## *Nessun rimedio più efficace*

Trät ich am Wolkentag in Wald hinein,
durchs Bodengrün im dämmerweiten Raum
geborgne Lust mir suchend wie ein Schiff,
das monatlang nur sich auf Wassern lebt:
das Heute wär mir höher; ich empfänd,
wie auch im Lichtbeschränkten Welt sich nah
und fern aus Wirklichem erbaut. Es wallt'
mir Lebensgrau vergrünend Glück ans Herz,
dem jetzt Unendlichkeit unmöglich scheint.

## *Gestürzte Fichte*

Das herrlich hohe Wesen, das sich selbst,
durchgrünter Jahre Liebeswerk, den Bau,
selbst Flamme, aufwärts trug ins Licht; das nie
seither den Boden schaut'; liegt sturmgestreckt,
die Götterpracht zerschmettert, hin in Grund.
Sein Wipfel, Morgenrot und Abendstrahl
freund, Falken Auslug, Amseln Sängersitz,
dems unberührt in Zweigen blüht' und reift':
nun jeder Hand zupaß, die sichs draus bricht.
Die Wurzeln abgerissen, schier Gestein
umkrampft, das solchem Turm Gewährte, dräut
hoch aufgereckt, an Tag gebracht der Stock:
karg, für ein Leben haltend. Aufwand, Kraft,
siegreiches Ringen, Seligkeit: ein Baum.

## *Goldner Herbst*

Es gehn die vielen schönen Tage hin,
als gäb es keine Rechnung;
doch der Bäume reinstes Gold,
kostbarer täglich ausgehängt,
mahnt uns, als wär'n wir die Verschwender,
hauszuhalten; denn der Schatz
an Leben ist begrenzt.
Nur darum zögern wir, so manchen Tag
vollwichtig auszugeben – List
und Klugheit, und Erkenntnis Rechtens,
die des Mengenhaften Meister sind,
versichern sich dem Schicksal, daß
das Glück gezählt ist, gegenüber.
Unbeschadet dieses jubiliert
an jedem schönen Morgen, der die Gunst
für einen weitren Lebenstag ins
unaufhaltsam Spätere verheißt,
das mitdurchstrahlte Herz,
und dankt.

## *Föhnnacht*

Am Himmel Schleierzug und Lichtkristall,
der Länder, Meere ungeheure Drift,
gehorsam rasch, still-ewig wandlungsvoll,
aus Ursprung unerahnbar in ein Ziel;
als wär Welt selbst in Fluß geraten: so
setzt Wundernacht heut Reise-Phantasie
aufschauend in Bewegung – nicht als Traum;
was da das Ganze ist, rollt, dreht sich um
aus einer Zukunft in die nächste: Strom
des Gottesrätsels Zeit, Geschehn, und Sinn.
Dreifache Abgrundsherrlichkeit. Tauch ein.

## *Mond im letzten Drittel*

Lichts Scheit und hohle
Barke, erdabzielend Trumm,
raum-hergenahtes Halbgestirn,
spiegelerglänzt in allem Aug
der Nachtgeschöpfe: hängt,
ein Zauber, groß, nicht fallend,
fest; vertraut, was Seele hat;
sein Licht verschwiegen;
angesprochen mit dem Du –
Dort schwebt er, goldene
Melonenspalte, überm
Dunst!

## *In der Nachtdrift*

Monds strahlendweißes Lichtstück, immer brichts
im Überwandern langer Schärenreihn
aus Finstrungen in Blaumeers Offenheit
und dichtet Nachtgeschehn. Die Ampel hält
ein Ganzes schattenhaft in Leuchtung. Schräg,
von Rauch verkürzt, gefangen halb und frei,
zählt unser Erdenfreund was bleibt, was geht,
unsterblich selbst, an seinem Schein für uns.

## *Im Herbst*

Zurückgeschraubt
sind die Gänge draußen –
Jahrs rauhere Reste
wühlen das Nächste auf,
das Träume behausen:
in Ranken gefallnes Laub,
schräg glutbefeuert,
goldhelle Kaskaden: Bäume,
gedämpftes, geräumter
Wiesen Licht: hier
möcht sich das Heimweh
rückwärtsgraben, in immer
bekannteres, eigneres
Dasein. Der weinende
Schmerz stürzt zu Gott.

## *Durch Herbstwälder*

Die Riesen kahl,
das Niedre laubfest,
leuchtend-braun im Bart
über die Zeit;
goldgelb die Lärchen,
nadeldicht wie Reif.
Sturm stößt dem Blick
grauüberzogner Länder
Schicksalsräume auf
in Sonnrauch glück-
beglänzter Fernen. Hier
nur Wälderblaun durch Stämme,
Farbgewalt giftgrüner
Wiesen, Herbstzeitlosen,
rostdurchglühter Bäume
brausend in Bewegung.
Schauerwechselnd. Vollends
Eintags wilde Herrlichkeit.

## *Nebel*

Es ist eine traumhafte
Wirklichkeit.
Inmitten der Raum-Seele
hat Dasein Zuhaus
im All gewonnen.
Die nichts-gönnende
Nähe-Ferne
läßt Ahnung das Größte
gestalten
und das Erstaunen
steht schrittweis
im Herzen der Welt
still – sein Schlagen
dröhnt
von allen Seiten.

## *Leere*

Wie weiße Seide hängt mirs, öffn' ich spät
das Fenster nachts, vor Augen: Nebel, bis
zum Boden. Still und unbedingt. Vom nahst
gefernten Andren überflutet, sind
wir, mittendrin Raums fabelhaftem Haus,
wie außer unsrer Welt: so wirklich haucht
ein Grenzenloses, blind drin allverstrahlt
das Sein, ein Baum, durchs Nichts die Zweige schlägt.

## *Nachthimmel I*

Wenn im Finsterbedeckten
streifenhaft aufgeschoben
Monderhellungen zaubrisch
ahnen lassen, wie Seligstes
dort jetzt im Licht geschieht –
die gewölkig überbelastete
Nacht aber freien Einblick,
trüb mit Verschiebungen,
nie erwirkt: so
bescheidet sich Auserwarten,
hängt im Erstaunen dessen, was
nie zu begreifen ist, fest;
obschon es unablässig
versteht.

## *Nachthimmel II*

Unter unendlichen
Wirklichkeiten die
eine, heut: sie erzählt
das Möglich-Geborne
dem Anschaun eines Gezeigten;
welches in nie wißbarer Weise
in einem Ganzen, so
wie es scheint, enthalten ist:
nur Licht und Verhüllung,
aber es trägt die Schicksalszüge,
die sich das Allimmerwahre
jetzt auserwählt.

## *Nachthimmel III*

Die nachtwärts
dunkelnden Wolken erzählen,
was sie vom fernenverhüllten
Aufgang des Monds schon betrifft:
von Schicksals Gezeiten bewegt,
ziehn die finstren Vorhänge
langsam vorm Schein, der rötlichen
Helle Fenster verändernd,
daß nie ein Klares offenbart
auferstrahlt, aber Feuer
leuchtend in Schleiern lebt,
mit immer lichtren dahinter
träumenden Räumen: daß irgendwo
Licht ist, und des Anderen Macht,
und ein Drittes, größer als beide,
hier alles durchwaltet;
es deutet, erzählend, auf den
geheimen Sinn.

## *Die Zeit*

Novembers regennasse Nacht
und stille Schwärze glänzt im Licht
vereinzelter Laternen. Stein
um Pflasterstein, Facettenaug,
erblitzt der Hof. Erdtiefe drängt
drin aufwärts, will des Sternkreis' Strahl
empfangen; tränt und zwinkert: nur
auf selbsterzeugtes Lichtern trifft,
vom All durch Schwaden abgetrennt,
ihr dunkler Sinn. Doch ich erschau,
bezaubert drauf gebannt, die Zeit,
die lange, des Planeten; und,
im Rätsel meiner Gegenwart,
mein Nichts; und über mich hinaus.

## *November, spät im Land*

Tag grau und Himmel stürmend;
Erde streckt sich klar,
bis wo im Spalt am Horizont
Fern-Leuchtendes, darin
weit Schönres gilt als hier,
sich groß ins Glühn und
Abend-Ausschaun wandelt;
der das Stürmisch-Finstre,
einzig Wirkliche,
zuletzt verbleibt.

## *Winterabend*

Der Wolken Wanderhimmel schließt nicht dicht:
ein Leuchten dringt ganztags dem Anblick sich
entziehnden Weltenfeuers da und dort,
des Künftigen Verheißung voll, hindurch,
Winters Zum-Abend-Güten; Glaube herrscht,
jetzt Haus ersetzend, Heimat wo sie fehlt,
und jeder armen Seele Phantasie
befiedernd, daß sie fliegt, so weit sie kann.

## *Schneefall*

Geheimnisfinstrer Herkunft: Himmelsnacht,
schwebt leiser Flocken gaukelnd Blendendweiß
einzeln durch den Bereich der Lampen: Schnee,
der hier auf Licht trifft, dem er als Kristall
sich seinsverwandt gebildet im Gewölk,
mit ihm, zusammenblüh'nd, ein Wunder, wie's
jedwedes Wirkliche in Existenz
erscheinen läßt für seine kurze Frist.

## *Dezembrisch*

Gesträuch strebt grad im Fenster auf:
zierlichster Wald am Glas;
mit dünnsten Ruten, drum
die Blättlein, lieblich-fremd;
was Winternacht von draußen her
eisfunkelnd sich erzeugt,
das leblos kosmische Gewächs,
zeigt Tracht des Alls; erweckt,
feinster Gestalt, empfindlichstes
Gefühl für das, was nächst
schon jenseits unser ist.

## *Versuch im Schnee*

Durch Winternot im Wald:
bis an den Tod hat Leben
sich zurückgenommen:
Schneewehn stäuben,
ungangbar auf Wegen glänzt
kristallnes End der Welt,
die Bläue durchs Geäst
höht kurze Stunden, feierlich
im weißen Licht: wohin noch?
Steh, staun dich inmitten
fest, wat eigne Spuren
folgsam dann zurück:
tief drangst du zu Besuch,
bist wahr empfangen, wo
der Vorhof ist, zu dem
kein Haus gehört: rings
blitzt der Stille Nichts.

## *Lesachtal, Winter*

Gebirg verhüllt. Der Rest
in dauerhaftem Schnee. Karg
grenzt der Erde Häuslichkeit
ans Nächste: Nachbarschaft,
draus stockend Leben sickert.
Höherauf wüst Unbetretbarkeit:
Schneebrüche, Nebel, schwerster Reif.
Lautlos starrt Glas aus Schluchten.
Auch der Fluß gesteht.
Dann wieder strahlts im Grund
von Zauberhauch und Blendung
Morgenlichts; rückt, glühnder,
Abendschein die tausend
Wipfel aufwärts zu den Höhn;
und nur das Knistern von Kristall
füllt Weltraums Nacht. Es muß
die Wurzeln tief im Erdreich haben,
daß es reicht, dem All
sein Scherflein rückzugeben, wer
von hier ist. Letzte
kämpfen noch.

## *Roman*

Die Winterspuren führten
um den Hügel, tief, wo
andres Tal mit Hütten
nistete. Mein Herz
– ich zögert' – lief voraus,
in Bann zu treten, draus
zu fliehn mir einst gelang.
Nun abermals war Winter;
Spuren zwangen ins Geschick:
so strengt' umsonst ich
widerstrebend mich gehorsam
an, eilends ein Ganzes
aufzugeben für den Teil
unendlich angewachsenen
Gewinns.

## *Spätwinterhelle Stadtnacht*

Hoch irgendwo im Norden hat
der Winter, größter Architekt,
die Residenz, schneeüberformt
aus weißen Stadtgebäuden; tags
kurz-dunkle Stunden hellend, nachts
halb Rußland lichther-strahlend, daß
es Schein gibt, Trost in Kältezeit,
und eigner Phantasie-Besitz;
und bis zu unsren Fenstern reichts,
wenn nachts die Häuser schneelicht-schön
sich Winter noch erbaun. Ihr Weiß
schläft, weltgenügt, im Ideal.

## *Nachtreisend*

Bahnfahrt durch Winternacht:
der hellste Stern
knüpft finsterstem Lokal
durch alle Windung hin
drehnden Bezug: stets kehrt,
ein Richtendes, das schöne Licht
ins Unverrückte, dran
der dünne Pfad zum fernsten Ziel
sich tastet; Schlaf
nimmts in sein Träumen von
mitwachender Gerechtigkeit
kristallnen Wegerfindens: drob
Gestirn im kreisenden
Verdrehn der reinen Ewigkeit
die Bahn weist. O wie gut
ist alles Fahrn.

# IV

*Waltende Nacht,*

senke dich auch in meine
armselige Seele, sie mit dem
Ewigen, das du durchträgst,
zu erhöhen. Die Stunden
weilen nicht und ich bebe,
dich so ans Ungeleistete
zu verlieren. Schwing mich
um in deinem Kreisen der
Wahrheit, der ich nichts
sein will als dein
dunkelstes Staubkorn.

## *Groß symbolisch*

Weil mir das Abendfeuer widerstrahlt'
von Mauern gegenüber, ging ich noch
hinaus, den Westen selbst zu schaun, und sah
das Flammen aus dem aufgerißnen Tor
herrlichst Gewölk entzünden, doch den Gott
nicht mehr. So nah noch, voller Tat – es blüht'
die Glut aus ihm –, wars aber mir ein Recht,
mich ihm zu weihn. – Ich tats, ein Leben lang.

## *Alterslyrik*

Tiefer hört sich der ältere Sänger
ein in die Zauberschildkrott und
erklöpfelter schallen ihm die Akkorde:
geheimer und aus klangreichern Schichten
der unerforschlichen Zwiebel Welt, mit
den aus den ältesten bis zu den neusten
unendlichen Häuten.

## *Arachne*

Die Muster, nach denen ich webe,
hab ich von immer in mir:
ich knüpf nur die Kette
jedesmal neu an den Baum,
und es führt mir den Einschlag
wie von selber das Schiffchen:
und Rauten, Blüten und Sterne
wachsen, ich weiß nicht, woher.

## *Die Aufgabe: Muttersprache und Tradition*

Für Stella Rotenberg

Bau weiter, durchreiß mit der Pflugschar
die fast verkommene Brache, wirf
Sturzackers Wogen auf nach dem
festen Buchstab und zwing,
daß in all seinen Grenzen brandend
er sich vom Unendlichen her beleb:
bau weiter das Land, deine Erde,
das Saatgut ist noch dasselbe,
das durch allen Verrat die unvergleichliche
Frucht bringt, die nährt
aus der alten Wurzel.

## *Das Fundament*

Es geht die Fabel: Unbekannt
war noch, in Schrift die Worte setzen, die
der Gott aus blindem Sänger schrie,
als einer diesen antrat: Gib uns, was
dem Ohr nicht nur, was hellerm Sinn genügt,
so daß Besitz sei! Drauf erst Kunst,
der Wahrheit nach, entstand. Und dies,
jahrtausendalter Schwang, wird nichts?
Will wieder schriftlos blöken, was da schreibt?
Menschheit – und sei'ns nur Einzlne – widersteht:
denn nur auf diesen ruhts, dem Praß zum Trotz.

## *Naturgedicht*

Verfehlt der Herzschlag:
nicht in ihm
erlebst du, was nicht du bist;
unsagbar bleibts. Poesie
kann nicht bei Nachtigallen lernen,
weil ihr Sang kein Schmerz,
kein Jubel ist, der uns bewegt;
das unerschütterliche Herz
von Parmenides' Sein ist ihres:
aller Menschenregung
um das Ganze uneinholbar
unerregt voraus.

## *Der Drinstand*

Herausgetreten aus mir selbst,
wollt ich die Dinge kennen;
und sie standen grau und gleich
in einem sonderbaren Licht,
das nur das Eine sehn ließ:
Existenz. Dies also ist
die Welt an sich? so fragt ich.
Und mir kam die Antwort: Was du merkst,
ist nur ein Außen, das ein Innres birgt,
wovon sich Kenntnis nie erlangt.
Dein Hindernis ist, daß du siehst.
Gibs auf, und du bist drinnen.

## *Bilanz*

Schau ich zurück,
wie viele Jahre ich,
weils mir nichts galt,
zu haschen und zu scheinen,
im Sinn der Welt verlor:
so muß ich, seh ich mit
mir Angetretne ausgebrannt
schon untersinken, mir noch
Zukunft geben: aus
Gerechtigkeit. Es holt
Zurückgehaltenes sich nach,
spätblühend. Dann erst
wird entschieden, was
sich fortpflanzt in der
Zeit, was nicht.

## *Vom Sein in der Zeit*

Immer stelltest du dich,
wie Shiva in seinem Haargeflecht
die Herabkunft der Ganga auffing,
grad unter den Sturz, hieltest,
ringend den Atem frei, stand.
Die Jahresringe, Blattnarben
bezeugens. Im Rückblick
formiert sich mit eigenen Bäumen
im Unland fast eine Allee.

## *Voluisse sat est*

Was du erfuhrst,
das Überwärtige
verpflichtete dich allein.
So ans Höchste gebunden,
ließest du vieles vorbei,
kamst wenig weiter,
verlorst, mit der Zeitgemeinschaft,
in ihr, in deinem Namen, zu stehn.
Mitzuwirken. Denn du warst
dagegen. Größer
war, strenger, womit du,
als ein Wanderer im Gebirge,
umgingst: das Gipfelnde.
Anders erschien dir kein Recht;
dies unentrinnbar das Maß.
Dem nicht zu genügen keine,
nicht genügen zu wollen aber
Schande ist. Und so
ist dies, ohne Abweichung,
erklärt.

## *Im Unterlauf*

Faßt endlich du der Bäche Fließen ein
zu Stroms Wucht, der als Masse meerwärts rollt,
so tust du nur was immer du gewollt.
Die Fluten balgen sich, vom Sand nicht rein,
notdürftig sind die Wirbel zahm gemacht,
gesprengt die Klippen; aber Schlieren ziehn
vom Schwall der aufwärtsdringt schief seitwärts hin
zur Felswand, dran was holzgefügt, zerkracht.

Die wahren Meister strömten schon vom Quell,
der hoch aus Weichen des Gebirges schoß,
ihr erster Niederstrahl stäubt' weit ins Tal.
Bleibst immer du auch gegen sie Gesell,
kastalischer Nebenbach zu sein, verdroß
dich endlich doch. Nun stürz als Strom ins All!

## *Biographie*

Wer wills beschreiben, was
ein Baum ist, wenn,
als Einzelwesen, ihm beschieden
war, sich im Geschick
er selbst zu bilden, Bau
und Wuchs und jeder Art
Verneinung trotzend die Gestalt?
Und was sein lebenslanges
Erd-zum-Licht-Aufträumen
Eignes krönend wölbt, dem
Tal als Hügels Sinn-Bild?
Er jedoch, begnügt, von Jahr
zu Jahr zu grünen, kennt
die Elemente, nicht sich selbst.
Im großen Spiegel, drin
kein Lebendes sich schaut,
wirds ihm dereinst gerecht.

## *Moira*

Der Lebensweg war immer
begehbar. Nie mußt ich
auf allen Vieren,
durch Graus, aus der Not
klettern. Unübersehbar, zwar,
sank der Boden, rechts-links,
weg; und Schrein
hört ich mehr als andres.
Mir aber war, immer klarer,
das Anschaun drüberhinaus
gegeben. So, im greulichsten
Schiffbruch, behielt ich
den Polstern: das Ziel.

## *Bildverblieben*

Du warst erwacht. Der Zug fuhr
stampfend, funkenfauchend, laut
in Gängen donnernd durchs Gebirg.
Im grellen Aufschein sahst du nah
Bewuchs und Felsen, deutlich
Blick um Blick, der Erde nächtlich
Irgendwo, sich dir real verknüpfen,
und wie Haken schlugs in dich:
wie dies je wiederfinden? –
Rätselaufgeregt
bargst du dies fremde glänzende
Erschaun in Wiedereinschlafs
Weiterträumen, kindheither
bis heut.

## *Der Gram der Mnemosyne*

Mein Kindheitshaus
war eine Unerschöpflichkeit
in jeder Stunde: viele Leben
reichten kaum, das Seele
Dreingeprägte aufzufalten;
und dies ist der Schmerz,
der an der Wurzel aller Schmerzen
steht: daß nicht zu sagen ist,
was einmal war.

## *Auf ein Bild meiner Mutter als Mädchen, an ihrem 101. Geburtstag*

Wie du im Garten stehst, du
Herrliche, im weißen Kleid,
im Licht, das dich von hinten her
umstrahlt; lächelnd, wie
siegreich, Meisterin, die du
schon auf der Geige warst:
das geht zurück bis auf das
Griechenland: Unsterblich
ist das Dasein, wenn es rein
im Göttlichen sich fühlt.
Schon über dein Jahrhundert
trägst du mirs hinaus.

## *Lang ists her*

Wir gehn heut – sagtest du – ein wenig aus,
am Bahndamm nur – im Tal ist sonst kein Weg –
und zwischen den Geleisen; kommt ein Zug,
hör'n wirs noch früh genug und gehn beiseit.
Im Sommer wars, ein glühend heißer Tag,
und Blühn und Stille. Warmen Wachstums Duft
umfing uns und der Ruch geteerter Schwellen.
Auch galts viel Mühsal, Leitersprossen gleich
den Schritt bemessen, fördert' drum nicht viel,
so daß, nach einer Biegung, die den Blick
auf das Geleistete uns nahm, wir gern
dem Wunsch uns gaben: so verführt' das Grün
mit Saftigkeit und Buschwerks Schatten, dran
die Wiese grenzt', schon ganz am Ziel zu sein.
Den Rastplatz und die Süßigkeit der Zeit,
die dort im Nachmittag uns ward, die weiß
ich noch, als letztes. Und mir ist, ging' ich
nur wieder dort und träf den Ort: ich könnt
dich finden. Nur, im Sommer müßt es sein.

## *Die Knabenjahre*

Wie schwang ich mich auf in den höchsten Baum!
Und in erdichteten Abenteuern
schlich ich die Pfade, erfand mir
tiefdrinnen bedeutend Lokal;
verstrickt in selbsteigenes Träumen
macht ich zum Schicksal die
unerbittlich zum Dämmern hin
kostbare Zeit, bis zur Abend-Flucht
vor erfundenem Grauen. Doch unermeßlich
flossen die Morgen, deren Licht ich verstand:
hier wuchs mir, lebendigst,
unsäglich anwachsend ein Wissensfühlen
vom Ganzen, das da zusammenhing:
jedes Ding ein freigiebiges Rätsel,
mein Drinsein im Einsamkeit-Ringsumstandnen
bis heut noch ein Welterleben
einzigster Art. Es bildete sich
ein Organ für das Wirklich-Wirkliche, dem
der Knabe noch nicht entsprach. So
taumelte er durch die Jahre.

## *Hell aus Erloschnem*

Was wars, das dich einst
am Waldrand, in einer Stunde
Lebens, so tief ergriff, daß du's
nicht vergessen bis heut?
Die Abendsonne bestrahlt'
immer feuriger dort die Waldwand,
die andre, hoch hinter dir,
schon im Schatten, und
zwiegeteilt, drauf du saßest,
die Wiese, und dringender
stets der Abschied. Aber
du konntest nicht. Etwas
Unerklärtes, bis jetzt,
hielt dich fest: als wärs
alles Weiteren eine Entscheidung,
wenn du gingst; Gewichte
zerrten an beiden Schalen,
denen, ins Stillstehn sie zwingend,
du über die Grenze, wo noch
entschieden wird, standhieltst.
Und schwer vom unabsehlichen
Siegen schwanktest du dann
ins seither Vergeßne.

## *»Ein Bleiben im Leben«*

Es lag hinter dem Gartengitter –
war vom Wald ein Wehn
mit den Blüten –
ein Bad wars im Sommerabend:
das Daseinsglück auf der Erde.
Die Zeit
weiß es, sie hat es mit
in ihr Weitergehen genommen,
es ist nicht verloren: dort
kannst du's immer noch finden.

## *Die Welt vor fünfzig Jahren*

Es war noch alt im Tal:
der Hochwald blüht' und träumt',
beschrittner Pfad traf Zeit,
drin Lebens Weile stand;

wir schwebten tief im Glück,
genossen Dunkel, Licht,
drin wunderbar Geschick
sich grundher offenbart':

groß ragt' von droben Welt
verstohlen Blau-herein,
erzählt' wo Wölkung türmt'
blendend was immer ist.

An jedem Ort geheim
schuf sich Seins Anruf neu,
drauf reinste Antwort sich
unmittelbar erbaut':

was drunten aufwärts hört'
teilt' des Erhabnen Maß,
Wald seiner Träume Raum
und Unvergessenheit.

Der Tag, wir, waren jung,
die Welt noch alt im Wald:
nie kehrt das wieder, nur
noch der Erinnerung.

## *Pommern, Spätwinter 1945*

Durch Winterland und dünnen Schnee:
Alleen, stumme Dörfer, fern
karg-schwarz Gehölz; voraus im Dunst
seltener Städte ragend-fremd
Gebild. Es war noch Krieg. Die Flucht
ging grad durch Tag und Nacht. Und doch
erfaßt ich nur, und prägt mir ein,
was Jahrszeit war, was Licht, und was
Lokal. Das Land im Winter. Nichts
vom ungeheu'rlichsten Geschehn
trat aus der Aufmerksamkeit auf
den ganzen Augenblick heraus,
der Erde hieß und Schicksal. Mir
begab sich eigne Lebenszeit.
Vereinzelte Konturen draus
graun jährlich fort im Schnee.

## *Würzburg, nach der Zerstörung*

Eindämmernd schwarzer
Winterbäume Hochgeäst
füllt' immer dichter Zuzug
krächzend länderher geflogner
Krähn-Versammlung:
Lärm
tönt' bald im Dunkeln schon
die Insel noch im Fluß.
Drin schien Beschluß
im Zorn, daß Weltgesetz
nur nothaft noch
anzuerkennen sei. Wers
von der Brücke, angewurzelt,
anstaunt', hatt' die Deutung.

## *Das Haus*

Und wieder trat ich in das große Haus,
drins von Gewesenheit durch Dämmern herrscht',
drein stets der Traum mich führt': kehrt', Fremder,
heim.
Was mir vom Schicksal aufgespart, sollt ich
nun leben. Räume voll Anmahnung schuf
Erinnern, dunkler, scheinvertrauter, hoch-
gestellter fragender Erweise, da,
im Ohr Geschichten, ich durch Bilder schritt.
Das Treppenhaus, der länderweite Saal;
und Fluchten, unentrinnbar. Höfe schloß
mit Galerien rings das Bauwerk ein,
die zählten das Vergangne. Aber schon
verblich ihr obres Sterngeviert; ich sah
das erste Taggraun am Gestein, und ob
mir leid war, lassen, das gewaltig war
und niemals Träumens aufhört', zog mich dort
das Vorgelände: Wiese, neblig, heut.

## *Im Hörsaal*

Ich saß in den Bänken und schaute die schwarz-
weißen
Bilder der Bauten, Skulpturen, Gemälde
der langen Geschichte der Kunst; und ich lernte
Ideen in ihnen erkennen. Ein Kosmos
der Werke des Schönen. Die deutende Stimme
drang ein auf das Wesen der Form. Unterscheidung,
geklärter Begriff, das Problem in der Lösung.
Am meisten aber bestach mich das Rätsel
der eigensten und immer anderen Welt, die
aus jeglicher Schöpfung sprach. Ich erschaute
die Bilder als die in mir selbst, als wär ich
die Menschheit. Zur Wissenschaft war ich verloren.
Ich hatte selbst tätig zu sein. Nur Dichter.

## *Paris, 1950*

Die Straße, und was du
verfolgtest in ihr
im Licht und durch Schatten,
sammelte wie im Brennglas
den Lebensmorgen um dich,
in dessen Perspektiven Weltteile
aufleuchteten nach allen Seiten,
die Jugend verschwenderisch
zu leichter Eroberung sich entwirft
und die nie wieder sich zeigen.
Mitte wars dir, Drehscheibe
der Welt, dein Gehn drin
ein zauberermächtigter Tanz.

## *Pèlerinage de Pâques, 1950*

Eingetreten am Ostermorgen
in Nôtre-Dame de Chartres,
als wie im frühen Jahrtausend
die Sonne im Aufgangsfeuer
in die Edelsteinfenster strahlte,
umflutete mich im Göttlichen
sogleich ertrinkenden Heiden Bachs
Dorische Toccata und Passacaglia
mit höchster Gewalt, und ich
hatte in mir die Religion des Alls
auf immer befestigt.

## *Die Lösung*

Zum Ausgang aus dem großen Haus
nichtendender Geschichten
strebt ich, die Treppen nieder,
über den dämmernden Hof
zum halbdunklen Torbau
und durch die letzte Wölbung.
Draußen der freie Platz,
drunten, unentwirrbar, mit
trüben Lichtern die Stadt.
Nicht da hinunter wollt ich,
schuf nahe Gebäude
– wenige gingen mir schon voraus –,
schönere, leichte, langzudurch-
wandernde, mit hellen Flügeln
und Höfen im Licht und Kies.
Hier war ich dem Eignen nicht fern,
fand aber Schritt für Schritt mich
im nie noch Betretnen.
Umkreisend das Ungefundne
vermehrt ich mir immer mein Leben,
verschwenderisch, ein
Führer im Irren,
und wußte es nur allein:
Die Zeiten der Lösung waren nah,
das Versprochene überall
schon Gegenwart. Tag
hob, neuartig, und würde sie so
erhalten, die Welt.

## *Kolymbetes Delios*

Delischer Schwimmer auch ich: von der Bordwand
sprang ich der »Andros«,
als sie vor Delos hielt: Ostern war es, zwei Jahr
nach des Jahrhunderts Mitte; dann eilt ich über den
Kynthos,
stieg über Blöcke zur Bucht, einsam, von niemand
gesehn,
warf mich noch einmal, nun nackend, ins Meer, ein
Schwimmer im Blauen,
Peleus, Thetis vermählt – aber ich kehrte zurück.

## *Selinunt: einst*

Im atmenden Andrang, mittags,
unter der Sonne, des tiefblau'n
herein-wogenden Meers, wagt
ich nackt mich, im Flachen
watend, gegen das Brandungsspiel
weit hinaus, ins Große:
götterewig Gewesenheit
hinter mir, hier und jetzt
meine Gegenwart; und nie
werd ich den Schauder vergessen,
den goldnen, der mich
vom Wirklich-Unendlichen,
Immervollendet-Geschehnden,
durchgriff.

*Mongibello 1958*

Ich sah, nachts, auf dem
Gipfel des Ätna, wie die
Erde das Unterirdische, Rote,
das Feuer, Hephaist, auf-
schleuderte, wie es zurück
in den Becher fiel, aus dem
langsam sich füllenden
überquoll und als Strom
sich ins Finstre glühend ergoß:
stand, hinter mir den alten
Krater, geheimnisvoll in Dünsten
nebelnd, mit heißen Sohlen
auf schmalem Rand, vor dem
Feuerwerk nah unter mir,
längst hatte das Meer ringsum
den regenbogenfarbigen
Tagsuntergangssaum verloren,
Licht strahlte nur mehr
dicht, als die Ewigkeit, viel-
tausendklar aus dem Firmament.
Still jubelnd, vor Kälte, vor Hitze
tanzend, wußte ich mich, als
vom Glück gewährt, auf dem
entrücktesten Standpunkt, den
ein Mensch ersteigen kann,
der bereitet ist, dies Ganze,
das All, mit Inbrunst in sich
zu fassen und zu verehren.

## *Ermahnung*

Rückt auch der finstre
Bezirk Vergangenheit
langsam uns außer Augen,
scheint doch das Licht,
hart geworden, uns nicht mehr
des Lebens Langwelligkeiten
zuzutragen wie einst.
Täuschen wir uns aber nicht:
selbst sind wirs, die uns
des Ganzen berauben, und nur
am Lichtsinn der Augen, wie
immer, liegts, das Ewige,
Zugestrahlte, unverkürzt
zu gewahren.

## *Credo*

Vor der Zeit ist diese Zeit keine Entschuldigung,
fordernd, daß du ganz sie ihr gebest,
die kaum Halbheiten längst mehr hervorbringt;
als gäb es das noch: ganz. Aber wie?
Da siehe du zu. Triffst du's aber nicht,
ist alles umsonst und du bist verworfen.

Ist aber diese Zeit nicht die Zeit? Wo
ist sie nicht ganz, die des Ganzen Jetzt
und das Ist ist? Hier suche, hier lags
immer und je. Du findest sie, weist
du ihr nur den Rücken, vor dir,
als die eine, und bist gerettet.

## *Selbstporträt*

Die strengen Alleen hinaus
zieh ich, in gemessenem Schritt
– Via Appia und die Campagna –,
allmählich ins Wildre,
auch endlich Verlaßne, so daß ich
auf andere Weise zu gehen beginn:
quer, da und dort krumm, wie im Eignen,
wie, augenblicks richtig, das
Angeschrittene eben zusammen
sich fügt; und verfolg nebenbei
die genaustens mir anbefohlne innre
Geschichte. Es sträubt immerfort,
verdeckt, das Gelände sich mir,
und die Lebensketten Anderer hab ich,
nach der Weisung, mit wechselndem Ich
durchträumt. Und plötzlich liefert
Vorabends Bewußtsein mich aus:
ich steh, es umringt mich
vollständige Irre; verfestigt
als Welt sich zum Ort. Da
begreif ich, im riesig unheimlich
Werdenden, viel. Und wie es mir
heiß wird, flieh ich, als gelt es
das Ganze verlassen, ins
Einzelne, Warme, Durchlebte.

## *Der Wanderer*

Eines langen Tages Weg,
wenn glücksermüdet von vielerlei
Landdurchwandern du deinem Ziel
im Abendlicht dich schon nahst,
wird immer, auch in der Fremde,
wie ein Stück Heimat, zuletzt.
Und ein leiser Schmerz, hier
doch nicht zuhause zu sein,
muß am größeren, ungeheueren
sich besänftten: dem, daß
Heimat überhaupt auf der Erde
nicht mehr ist. Und, als
vermöchtest du, das nicht
an sein Ende gelangen zu lassen,
versuchts dich, vor deinem Abendziel
draußen zu bleiben; der Amseln
Gesang bis zum Finsterwerden hier
auszuhören. Als wäre der Erde
Herrlichkeit mit deiner Verweigerung
in eine Reinheit gerettet; als
gäbs noch ein Bleiben im Leben.

## *In Kapitalen*

»Gehörtest du,
schon über die Gletscher
und auf zu den Gipfeln watend,
der Freiheit der Welt
hier droben an?« –
Es war, jedes unvergeßliche Mal,
das vollste und innerste Leben,
und was sich regte in mir
steht als das Oberste eingegraben
auf jener Tafel, die nur
das Unbeschränkte verzeichnet.

## *Im Torweg*

»... dort hin zu waten!«
Wandrers Sturmlied

Im Rest von Abendschein
versuch ich fortzugehn,
liefr′ mich der Widerglut
Erlöschen aus im Wald,
bis ich im Dunkeln steck
und nicht mehr weiterkann.
Habt ihr nun, Phantasie,
wildschlagend Herz, und du,
Schmerz, eure Lust gebüßt?
Was weiter?! – Finsternis-
geschärften Sinnen zuckt
mit Macht ein Wille auf:
ins Sein zurückzukehrn,
ins Leben, rasch ins Licht!

*San Francisco: am Pazifik*

Flutzeit. Es dünten Asien-her
die langen Wogen, brachen lauf-
feuernd zu Schaum. Strandwechselnd liefen
großer Vögel Arten vor, zurück.
Im Regen stand ich, unter meinem Schirm.
Es dunkelte. Hoch hinter mir
rasend der Highway. Ich empfand
allein hier des Planeten Welt.

## *Örtlichkeit (Peterhof)*

Graulich lag die Meeresstraße
unter tiefem Winterhimmel,
drüben eines andern Landes
ferne Marken. Schiffe zogen
langsam rätselvoll im Weiten.
Schnee der Böschung, kahle Bäume,
Krähen schwarz und grau die Möwen.
Am Gestade träg das Schlagen
dünner Wogen. Uber allem
Drohn und Trauer fremder Breiten,
später Zeiten. Nur die Lichter
jener Schiffe, jener Marken
blinkten früh durchs Tagverfallen.

## *Landaufenthalt mit Siebzig*

Schwimmend, morgens, im See
das Gewölk schaun im Himmel –
beiderhalb
abgründig Seligkeit.

Lesend im Wald
in eines Denkenden
Spuren treten:
wie die Lichtinseln
sich verschieben im Grund.

Nachthimmels
langsamem Wolkenfließen
mitwachend miteinrücken
ins selbst-lose Ganze.

## *Allnächtlich gegenüber*

Späthelle Fenster in die Nacht,
und stets die letzten: welch
Kettfäden durch zum Bild der Welt
geschossenes Geweb mag dort entstehn?
Und welcher Weber dort? Er ist
am Werk und sitzt im Stuhl,
die schwere Lade tretend, und
ihm mehrt sich das Gewirk am Baum
wie mir. Es liebt der Geist
sich Arbeit in die Nacht, weil
strahlend sie aus letzter
Sphäre kreist.

## *Klage*

Am Gewölbe
der Lampe Lichtgrenze zum dämmrigen Raum,
auf dem hellen Papier wächst, Wort um Wort
ertastet, der ungewisse Versuch, in
Freiheit dich bindend etwas zu sagen:
vom Ganzen, wie's jetzt im Herzen steht, wie
Daseinsgeschick und Welt auseinandergehn:
so wie du's innig jetzt fühlst und das Größre
wissend auch gegen dich vielleicht richten mußt.
Ziel auf den Schmerz, im Gedenken des Toten,
der der Liebe unerfüllbare Wege
ging, ob dir keine Schuld daran bleibe.
Er, der auf den neuerfahrbaren Bahnen
längst die Beschwichtigungen des Hiesigen
hinter sich ließ, er antwortet dir nicht mehr.
Doch will das Gedächtnis Gerechtigkeit und
Tränen. Und begütigen möge die Zeit
ihr eignes Versäumnis und dir das deine.

## *Spätzeit*

Ein letztes Fenster strahlt: die andern sind
schon schwarz. Das Haus grad gegenüber bleibt
so tags wie nachts ein Rätsel. Wer bewohnts?
Gibts Möglichkeit, dem fremden Leben uns
mit unsrem anzuschließen, wie wir sind?
Wie übersteigt man ehrbar einen Zaun?
O, niemals! Wänden leuchten Bilder dort,
darunter sitzt man noch, vermutlich, spricht,
was spät der Zeit nicht achtet: welcher Welt
beschwört sich noch der Horizont und welch
Vergangnes wird dort köstlich Gegenwart?
Höchst Vorgestelltes kanns nur sein, dafür
ist, was am Strahlen wir dort schaun, Beweis!
– Nun plötzlich lischt das Licht. Wir sind allein,
die letzten wach. Wohin nun richten sich
die einsamen Gedanken? – Über uns,
wo sich die dunkle Nacht ortlos verwölbt,
ein Gegenüber drin zu suchen, dem
sich unser Anvertraun noch nahen kann.

## *An J.A.*

Die alte Beziehung, wenn
beide altern, gewinnt
des Alters eigene Art: wie,
wachsend am Sommertag, über
unerschütterlichem Grund die
Wolkenbauten immer weiter
sich türmen, unter gleichem
Gesetz und mit dem gleichen
Unendlichkeits-endlichen Ziel.

## *Finsternis / Mit M.G.*

Das alte Haus, mit toten Fensterreihn
in grauen Mauern, ungefügem Dach,
mit Räumen, viel zu groß, daß einer drin
noch wohnt' und ausharrt', wär er selbst nicht alt:
man läßts wohl langsam sterben. Mir gefiels,
drin hausen: auf und ab die Flucht wollt nacht-
lang ich durchwandern, schlaflos, ohne Licht,
erstarrte Träume der Vergangenheit
ins Leben mir beschwörend. Epheuschwer,
Laub, Blüten, Beeren voll, hing' Dunklung satt
von Bildern und Gesichten. Und ich schlüg
einmal den ganzen Gram in eins: daß Welt,
im Nicht zum Ganzen, mir zu lösen stünd,
ihr nichtiger Verrat an dem, was war.

## *Die Fracht*

Ein jeder hat Augenblicke gekannt,
wo größer als sonst ihm Welt
von allen Seiten zusammentrat
und, nahe auf ihn gerückt,
mit vergessensten Träumen dahinter,
des Lebens tiefst eingefärbte
Durchschauungen trug:
nur Augenblicke, mit Ort und Zeit,
doch es zählt, wenn die Bilderrechnung
zuletzt sich erstellt, nur dies:
was das Feuer im Dornbusch,
im Traum die Himmelsleiter,
und über dich selbst hinaus
das Vorgenießen des Ganzen war.
In Charons Nachen
wird es den Tiefgang bilden,
wenn du ihn besteigst.

## *In wachsender Nähe*

Langsam wird das versponnene
Tor deutlicher – mir,
seit von unerfindlicher Seite
ich in die Welt trat, schon
als mein Ausgang bestimmt:
eisern dunkel, verrostet, nie
noch im verfallenden Rahmen
bewegt: einmal aber, das
aufgesprungne, stehts offen,
das Schwarze darin, ich seh's,
das Unvorsehbare, bald
wie angezogen voraus.

## *Der Rückruf*

Der große Stern, den ich jetzt draußen
vor meinem Fenster seh, ist gar nicht weit.
Sein starkes Licht sagt an: Komm doch, ich bins,
du kennst mich doch, der immer dir
bestimmte, bin dein Zwilling, Seele.
Du wolltest Mensch sein auf der Erde,
ich bin Stern geblieben. Komm,
die Trennung ist nun fast vorbei.
Sternseele, komm, schlag wieder aus in Licht,
ich zeige dir die alte Bahn, die du
verlernt.

## *Im Abendgewölk*

Ich bin bei einer letzten Wolkenbank
in Abendschönheit: Malvengrau und Rot,
der Glut noch sanft ins Hauchgetiefte dringt:
in Rosennebels seligstem Geleucht;
des Blühn die Stärke schrittweis einwärts schwächt,
bis mich der Wolke dämmernder Palast
nur mehr als eignes Innerstes umgibt;
doch drin kein Ich, wenns finster wird, das Licht
sich selbst entzündet: hier bleibts völlig Nacht.

## *Überfahrt*

Andren Ganges
Geschick zeigt der
letzte Weg: im Fieber
durchstößt der Traumblick
leuchtende Grenzen –
dort steht das Unendliche
vollgegossen; schon
kräuseln's die leichten,
Segel forttragenden Winde
und fern steigen des Jenseits
Küsten golden-
dunstigen Scheins.

## *Spinnerlied*

Stets gewandelt, stets der alte
knüpf ich fort mein Urgespunst,
weiß, solang der Faden halte,
bleibt dem Knüpfer auch die Gunst.

Angesponnen an die Kunkel,
von der Parze einst gebracht,
knüpf ich sichren Weg durchs Dunkel,
labyrinthisch klargemacht.

Und schon strahlt, nicht zu entrinnen,
mir des Ausgangs helles Licht,
dem mein zielverknüpftes Spinnen
zueilt, bis der Faden bricht.